目录

榮寶齋藏版

飲酒　陶潛

結廬在人境而無車馬喧問君何能爾心遠地自偏採菊東籬下悠然見南山山氣日夕佳飛鳥相與還此中有真意欲辯已忘言

雜詩　前人

人生無根蔕飄如陌上塵分散逐風轉此已非常身落地為兄弟何必骨肉親得歡當作樂斗酒聚比鄰盛年不重來一日難再晨及時當勉勵歲月不待人

又

憶我少壯時無樂自欣豫猛志逸四海騫翮思遠翥荏苒歲月頹此心稍已去值歡無復娛每每多憂慮氣力漸衰損轉覺日不如壑舟無須臾引我不得住前途當幾許

蔕　音帝，同蒂　果實與枝莖相連處

騫　音軒　鳥飛貌

翮　音核　又音隔　羽莖也

荏苒　音衽冉，展轉也，言時間

壑　坑也，谷也，音郝

未知止泊處古人惜寸陰念此使人懼

飲酒　前人

秋菊有佳色裛露掇其英汎此忘憂物遠我遺世情一觴雖獨進盃盡壺自傾日入羣動息歸鳥趨林鳴嘯傲東軒下聊復得此生

讀山海經詩　前人

孟夏草木長繞屋樹扶疏衆鳥欣有託吾亦愛吾廬既耕亦已種且還讀我書窮巷隔深轍頗迴故人車歡言酌春酒摘我園中蔬微雨從東來好風與之俱泛覽周王傳流觀山海圖俯仰終宇宙不樂復何如

裛　音挹 沾溼也

扶疏　繁茂也

尋隱者不遇　唐　賈島

松下問童子。言師採藥去。只在此山中。雲深不知處。

別詩　南北朝　范雲

洛陽城東西。長作經時別。昔時雪如花。今來花如雪。

贈范曄　陸凱

折花逢驛使。寄與隴頭人。江南無所有。聊贈一枝春。

山中何所有　陶弘景

山中何所有。嶺上多白雲。只可自怡悅。不堪持贈君。

江雪　唐 柳宗元

千山鳥飛絶，萬徑人蹤滅。孤舟蓑笠翁，獨釣寒江雪。

相送　南北朝 何遜

客心已百念，孤遊重千里。江暗雨欲來，浪白風初起。

江南春　唐 杜牧

十里鶯啼綠映紅，水邨山郭酒旗風。南朝四百八十寺，多少樓臺煙雨中。

滁州西澗　唐 韋應物

獨憐幽草澗邊生，上有黄鸝深樹鳴。春潮帶雨晚來急，夜渡無人舟自横。

春望　　唐　杜甫

國破山河在城春草木深感時花濺淚恨別鳥驚心烽火連三月

家書抵萬金白頭搔更短渾欲不勝簪

曲江 二首　　前人

一片花飛減卻春風飄萬點正愁人且看欲盡花經眼莫厭傷多

酒入脣江上小堂巢翡翠苑邊高塚臥麒麟細推物理須行樂何

用浮名絆此身

朝回日日典春衣每日江頭盡醉歸酒債尋常行處有人生七十古

来稀穿花蛺蝶深深見點水蜻蜓款款飛傳語風光共流轉暫時相

渾　幾乎、差不多

曲江　在陝西長安縣東南、亦曰曲江池、唐代大加擴充、周七里、爲遊樂勝地、秀士每年登科、賜宴於此、今湮為平陸、

賞莫相違

兵車行　　前人

車轔〻馬蕭〻行人弓箭各在腰耶孃妻子走相送塵埃不見咸陽橋牽衣頓足攔道哭哭聲直上干雲霄道旁過者問行人行人但云點行頻或從十五北防河便至四十西營田去時里正與裹頭歸來頭白還戍邊邊庭流血成海水武皇開邊意未已君不聞漢家山東二百州千村萬落生荊杞縱有健婦把鋤犁禾生隴畝無東西況復秦兵耐苦戰被驅不異犬與雞長者雖有問役夫敢伸恨且如今年冬未休關西卒縣官急索租租稅從何出信知生男惡反是生女好生女猶得嫁比鄰生男

埋沒隨百草君不見青海頭古來白骨無人收新鬼煩冤舊鬼哭天陰雨溼聲啾啾

夢李白二首　　前人

死別已吞聲生別常惻惻江南瘴癘地逐客無消息故人入我夢明我常相憶恐非平生魂路遠不可測魂來楓林青魂返關塞黑君今在羅網何以有羽翼落月滿屋梁猶疑照顏色水深波浪闊無使蛟龍得

浮雲終日行遊子久不至三夜頻夢君情親見君意告歸常局促苦道來不易江湖多風波舟楫恐失墜出門搔白首若負平生志冠蓋滿京華斯人獨憔悴孰云網恢恢將老身反累千秋萬歲名寂寞身後事

贈衛八處士　　前人

人生不相見動如參與商今夕是[復]何夕共此燈燭光少壯能幾時鬢髮各已霜[蒼]訪舊半為鬼驚呼熱中腸焉知二十載重上君子堂昔別君未婚兒女忽成行怡然敬父執問我來何方問答未及已兒女羅酒漿夜雨翦春韭新炊間黃粱主稱會面難一舉累十觴十觴亦不醉感子故意長明日隔山岳世事兩茫茫

天末懷李白　　前人

涼風起天末君子意如何鴻雁幾時到江湖秋水多文章憎命達魑魅喜人過應共冤魂語投詩贈汨羅

出篁竹

鳥鳴澗　　唐　王維　古丞

人閑桂花落夜静春山空月出驚山鳥時鳴春澗中

鹿柴　　前人

空山不見人但聞人語響返景入深林復照青苔上

竹里館　　前人

獨坐幽篁裏彈琴復長嘯深林人不知明月来相照

歸嵩山作　　前人

清川帶長薄車馬去閑閑流水如有意暮禽相與還

荒城臨古渡落日滿秋山迢遞嵩高下歸來且閉關

田園樂　四首　　前人

萋〻春草秋綠，落〻長松夏寒。牛羊自歸村巷，童稚不識衣冠。
採菱渡頭風急，策杖村西日斜。杏樹壇邊漁父，桃花源裏人家。
山下孤煙遠村，天邊獨樹高原。一瓢顏回陋巷，五柳先生對門。
桃紅復含宿雨，柳綠更帶春煙。花落家僮未掃，鶯啼山客猶眠。

送元二使安西　　前人

渭城朝雨裛輕塵，客舍青〻柳色春。勸君更盡一杯酒，西出陽關無故人。

送别　唐　王維

山中相送罷日暮掩柴扉春草明年綠王孫歸不歸

使至塞上　前人

單車欲問邊屬國過居延征蓬出漢塞歸雁入湖天
大漠孤煙直長河落日圓蕭關逢候吏都護在燕然

宿来公山房期丁大不至　唐　孟浩然

夕陽度西嶺群壑忽已暝松月生夜涼風泉動清聽樵人
歸欲盡煙鳥棲初定之子期不來孤琴候蘿遥

居延　今陝西甘肅酒泉邊境近外蒙古
蕭関　甘肅関名
燕然　山名、今屬外蒙古、

春曉　　前人

春眠不覺曉處處聞啼鳥夜来風雨聲花落知多少

孟浩然嘗閒遊秘省秋月新霽諸英華賦詩作會浩然句曰

微雲淡河漢疎雨滴梧桐

擧座嗟其清絶咸閣筆不復為繼

夜歸鹿門歌　　前人

山寺鳴鐘晝已昏漁梁渡頭爭渡喧人隨沙岸向江村余亦乘舟歸鹿門鹿門月照開煙樹忽到龐公棲隱處巖扉松徑長寂寥惟有幽人自來去

鹿门　山名在今湖北襄陽縣东南

古詩

一、採葵莫傷根傷根葵不生結交莫羞貧羞貧友不成
甘瓜抱苦蒂美棗生荆棘利旁有倚刀貪人還自賊

六、春種一粒粟秋收萬顆子四海無閒田農夫猶餓死
鋤禾日當午汗滴禾下土誰知盤中餐粒粒皆辛苦

三、君乘車我戴笠他日相逢下車揖君擔簦我跨馬他日相逢
為君下（越謠）

四、南山有烏北山張羅烏自高飛羅當奈何

五、狡兔死走狗烹飛鳥盡良弓藏敵國破謀臣亡（漢時民謠）

采薇歌

登彼西山兮采其薇兮以暴易暴兮不知其非兮神農虞夏忽兮没兮吁嗟徂兮命之衰兮

大風歌

漢高祖

大風起兮雲飛揚威加海内兮歸故鄉安得猛士兮守四方

琴歌

樂莫樂兮新相知悲莫悲兮生别離

城中謠

城中好高髻四方高一尺城中好廣眉四方且半額城中好大袖四方全疋帛

古詩十九首

一、
行行重行行與君生別離相去萬餘里各在天一涯道路阻且長
會面安可知胡馬依北風越鳥巢南枝相去日已遠衣帶日已緩
浮雲蔽白日游子不顧返思君令人老歲月忽已晚棄捐勿復道
努力加餐飯

二、
青青河畔草鬱鬱園中柳盈盈樓上女皎皎當窗牖娥娥紅粉粧
纖纖出素手昔為倡家女今為蕩子婦蕩子行不歸空牀難獨守

三、
青青陵上柏磊磊澗中石人生天地間忽如遠行客斗酒相娛樂
聊厚不為薄驅車策駑馬遊戲宛與洛洛中何鬱鬱冠帶自相索

磊音壘、磊磊言石衆多也、

飈 音標、暴風也、

轗軻 即坎坷、言潦倒也、

杞梁妻 古烈婦、喪夫無子、哀哭十日、城為之崩

長衢羅夾巷王侯多第宅兩宮遙相望雙闕百餘尺極宴娛心意戚戚何所迫

四 今日良宴會歡樂難具陳彈箏奮逸響新聲妙入神令德唱高言識曲聽其真齊心同素願含意俱未申人生寄一世奄忽若飈塵何不策高足先據要路津無為守窮賤轗軻長苦辛

五 西北有高樓上與浮雲齊交疏結綺窗阿閣三重階上有弦歌聲音響一何悲誰能為此曲無乃杞梁妻清商隨風發中曲正徘徊一彈再三歎慷慨有餘哀不惜歌者苦但傷知音稀願為雙鳴鶴奮翅起高飛

六、涉江采芙蓉蘭澤多芳草采之欲遺誰所思在遠道還顧望舊鄉
長路漫浩浩同心而離居憂傷以終老

七、明月皎夜光促織鳴東壁玉衡指孟冬衆星何歷歷白露霑野草
時節忽復易秋蟬鳴樹間玄鳥逝安適昔我同門友高舉振六翮
不念攜手好棄我如遺跡南箕北有斗牽牛不負軛良無盤石固
虛名復何益

八、冉冉孤生竹結根泰山阿與君為新婚兔絲附女蘿兔絲生有時
夫婦會有宜千里遠結婚悠悠隔山陂思君令人老軒車來何遲
傷彼蕙蘭花含英揚光輝過時而不采將隨秋草萎君亮執高節

玉衡　北斗第五星

玄鳥　燕也、

亮　信也、信者真也、

賤妾亦何為

九、庭中有奇樹綠葉發華滋攀條折其榮將以遺所思馨香盈懷袖路遠莫致之此物何足貢但感别經時

十、迢迢牽牛星皎皎河漢女纖纖擢素手札札弄機杼終日不成章泣涕零如雨河漢清且淺相去復幾許盈盈一水間脈脈不得語

十一、迴車駕言邁悠悠涉長道四顧何茫茫東風摇百草所遇無故物焉得不速老盛衰各有時立身苦不早人生非金石豈能長壽考奄忽隨物化榮名以為寶

十二、東城高且長逶迤自相屬迴風動地起秋草萋已綠四時更變化

逶迤音委移

歲暮一何速晨風懷苦心蟋蟀傷局促蕩滌放情志何為自結束
燕趙多佳人美者顏如玉被服羅衣裳當户理清曲音響一何悲
絃急知柱促馳情整中帶沈吟聊躑躅思為雙飛燕銜泥巢君屋

躑躅 音擲觸、行不進也、

十三、

驅車上東門遥望郭北墓白楊何蕭蕭松柏夾廣路下有陳死人
杳杳即長暮潛寐黄泉下千載永不寤浩浩陰陽移年命如朝露
人生忽如寄壽無金石固萬歲更相送聖賢莫能度服食求神仙
多為藥所誤不如飲美酒被服紈與素

紈 音桓、熟繒也、素 生絹也、

十四、

去者日以疏生者日以親出郭門直視但見邱與墳古墓犁為田
松柏摧為薪白楊多悲風蕭蕭愁殺人思還故里閭欲歸道無因

生年不滿百常懷千歲憂晝短苦夜長何不秉燭遊為樂當及時
何能待来茲愚者愛惜費但為後世嗤仙人王子喬難可與等期
凜凜歲云暮螻蛄夕鳴悲涼風率已厲遊子寒無衣錦衾遺洛浦同
袍與我違獨宿累長夜夢想見容輝良人惟昔懽枉駕惠前綏願
得常巧笑攜手同車歸既来不須臾又不處重闈亮無晨風翼焉
能凌風飛眄睞以適意引領遙相睎徙倚懷感傷垂涕霑雙扉
孟冬寒氣至北風何慘慄愁多知夜長仰觀衆星列三五明月滿四
五蟾兔缺客從遠方来遺我一書札上言長相思下言久離别置書
懷袖中三歲字不滅一心抱區區懼君不識察

十五、王子喬 古代傳説中之神仙

十六、綏 車索也

十七、睎 音希，望也

蟾兔 月也

十八

客從遠方來遺我一端綺相去萬餘里故人心尚爾文綵雙鴛鴦

裁為合歡被著以長相思緣以結不解以膠投漆中誰能別離此

十九

明月何皎皎照我羅牀幃憂愁不能寐攬衣起徘徊客行雖云樂

不如早旋歸出戶獨彷徨愁思當告誰引領還入房淚下沾衣裳

飲馬長城窟行　古辭

青青河邊草緜緜思遠道遠道不可思夙昔夢見之夢見在我傍忽覺在他鄉他鄉各異縣展轉不可見枯桑知天風海水知天寒入門各自媚誰肯相為言客從遠方來遺我雙鯉魚呼兒烹鯉魚中有尺素書長跪讀素書書中竟何如上有加餐食下有長相憶

長歌行　古辭

青青園中葵朝露待日晞陽春布德澤萬物生光輝常恐秋節至焜黃華葉衰百川東到海何時復西歸少壯不努力老大徒傷悲

悲歌

悲歌可以當泣，遠望可以當歸。思念故鄉，鬱鬱纍纍。欲歸家無人，欲渡河無船。心思不能言，腸中車輪轉。

古詩

步出城東門，遙望江南路。前日風雪中，故人從此去。我欲渡河水，河水深無梁。願為雙黃鵠，高飛還故鄉。

古怨歌

煢煢白兔，東走西顧。衣不如新，人不如故。

擊壤歌

古民歌

日出而作，日入而息。鑿井而飲，耕田而食。帝力於我何有哉。

長安道 唐顧況

長安道人無衣馬無草何不歸來山中老

勅勒歌 南北朝斛律金

敕勒川陰山下天似穹廬籠蓋四野天蒼蒼海茫茫風吹草低見牛羊

短歌行 唐王建

人初生日初出上山遲下山疾百年三萬六千朝夜裏分將彊半日有歌有舞須早為昨日健於今日時人皆見生男女好不知男女催人老短歌行無樂聲

啄木鳥 晋左貴嬪

南山有鳥自名啄木飢則啄樹暮則巢宿無干於時惟志所欲性清者榮性濁者辱

與蘇武詩三首　　漢　李陵 少卿

良時不再至離别在須臾屏營衢路側執手野踟躕仰視浮雲馳
奄忽互相踰風波一失所各在天一隅長當從此别且復立斯須欲
因晨風發送子以賤軀

嘉會難再遇三載為千秋臨河濯長纓念子悵悠悠遠望悲風至
對酒不能酬行人懷往路何以慰我愁獨有盈觴酒與子結綢繆

攜手上河梁遊子暮何之徘徊蹊路側悢悢不得辭行人難久留
各言長相思安知非日月弦望自有時努力崇明德皓首以為期

雜詩 二首

魏文帝

漫漫秋夜長烈烈北風凉展轉不能寐披衣起彷徨彷徨忽已久白露霑我裳俯視清水波仰看明月光天漢迴西流三五正縱横草蟲鳴何悲孤雁獨南翔鬱鬱多悲思綿綿思故鄉願飛安得翼欲濟河無梁向風長歎息斷絶我中腸

西北有浮雲亭亭如車蓋惜哉時不遇適與飄風會吹我東南行南行至吳會吳會非我鄉安能久留滯棄置勿復陳客子常畏人

吳會 今浙江一帶

短歌行　　魏武帝

對酒當歌人生幾何譬如朝露去日苦多慨當以慷憂思難忘何以解憂唯有杜康青青子衿悠悠我心但為君故沈吟至今呦呦鹿鳴食野之苹我有嘉賓鼓瑟吹笙明明如月何時可掇憂從中來不可斷絕越陌度阡枉用相存契闊談讌心念舊恩月明星稀烏鵲南飛繞樹三匝何枝可依山不厭高海不厭深周公吐哺天下歸心

杜康 古釀酒者

苦寒行

前人

北上太行山艱哉何巍巍羊腸阪詰屈車輪為之摧樹木何蕭瑟北
風聲正悲熊羆對我蹲虎豹夾路啼谿谷少人民雪落何霏霏延頸
長歎息遠行多所懷我心何怫鬱思欲一東歸水深橋梁絕中道正徘
徊迷惑失故路薄暮無宿棲行行日已遠人馬同時飢擔囊行取薪
斧冰持作糜悲彼東山詩悠悠使我哀

榮寶齋藏版

箜篌引

魏　曹植　子建

置酒高堂上親友從我遊中廚辦豐膳烹羊宰肥牛秦箏何慷慨
齊瑟和且柔陽阿奏奇舞京洛出名謳樂飲過三爵緩帶傾庶羞主
稱千金壽賓奉萬年酬久要不可忘薄終義所尤謙々君子德磬
折欲何求驚風飄白日光景馳西流盛時不可再百年忽我遒生
存華屋處零落歸山丘先民誰不死知命復何憂

陽阿　古之名倡、善和、因有陽阿歌、

庶羞　各種美味也、

久要　歷久之要約也、

遒　音酋、盡也、迫也、近也、聚也、健也、勁也、

送應氏詩 二首　　曹植

步登北邙坂遥望洛陽山洛陽何寂寞宮室盡燒焚垣牆皆頓擗荊

棘上參天不見舊耆老但覩新少年側足無行徑荒疇不復田遊子

久不歸不識陌與阡中野何蕭條千里無人煙念我平常居氣結

不能言

清時難屢得嘉會不可常天地無終極人命若朝霜願得展嬿婉我

友之朔方親昵並集送置酒此河陽中饋豈獨薄賓飲不盡觴愛

至望苦深豈不愧中腸山川阻且遠別會日長願為比翼鳥施翮

起高翔

北邙 山名在河南洛陽北

擗 音霹、折也、

耆 音祁、老也、六十日耆

阡陌 田间小路也、東西曰阡、南北曰陌

朔方 地名 在内蒙古 詩人常以泛稽北方、

中饋 飲食

雜詩 二首

魏　曹植

西北有織婦綺縞何繽紛明晨秉機杼日昃不成文太息終長夜

悲嘯入青雲妾身守空閨良人行從軍自期三年歸今已歷九春

飛鳥繞樹翔嗷嗷鳴索羣願為南流景馳光見我君

南國有佳人容華若桃李朝遊江北岸夕宿瀟湘沚時俗薄朱顏

誰為發皓齒俛仰歲將暮榮耀難久恃

昃　讀如則　日過午也

嗷　讀如交　呼號聲、哭聲

挽歌

陶潛

荒草何茫茫白楊亦蕭蕭嚴霜九月中送我出遠郊四面無人居高墳正嶕嶢馬為仰天鳴風為自蕭條幽室一已閉千年不復朝千年不復朝賢達無奈何向來相送人各已歸其家親戚或餘悲他人亦已歌死去何所道託體同山阿

七哀詩　　曹植

明月照高樓流光正徘徊上有愁思婦悲歎有餘哀借問歎者誰言
是蕩子妻君行踰十年孤妾常獨棲君若清路塵妾若濁水泥浮沉
各異勢會合何時諧願為西南風長逝入君懷君懷良不開賤妾
當何依

詠懷　　魏　阮籍　嗣宗

夜中不能寐起坐彈鳴琴薄帷鑒明月清風吹我衿孤鴻號外野
翔鳥鳴北林徘徊將何見憂思獨傷心

流光　光陰也、又水月之光明也、

詠懷　　阮籍

獨坐空堂上。誰可與歡者。出門臨永路。不見行車馬。登高望九州。悠悠分曠野。孤鳥西北飛。離獸東南下。日暮思親友。晤言用自寫。

歸園田居

晋　陶潛　淵明

少無適俗韵，性本愛邱山。誤落塵網中，一去三十年。羈鳥戀舊林，池魚思故淵。開荒南畝際，守拙歸園田。方宅十畝餘，草屋八九間。榆柳蔭後檐，桃李羅堂前。曖曖遠人村，依依墟里煙。狗吠深巷中，雞鳴桑樹巔。戶庭無塵雜，虛室有餘閒。久在樊籠裏，復得返自然。

又一首

野外罕人事，窮巷寡輪鞅。白日掩荊扉，虛室絕塵想。時復墟曲中，披草共來往。相見無雜言，但道桑麻長。桑麻日已長，我土日已廣。常恐霜霰至，零落同草莽。

又一首

種豆南山下，草盛豆苗稀。晨興理荒穢，帶月荷鋤歸。道狹草木長，夕露

曖曖　音愛，昏昧貌

鞅　馬頸革，所以負軛者

墟曲　小市集也。

霑我衣衣霑不足惜但使願無違

移居 二首

昔欲居南村非為卜其宅聞多素心人樂與數晨夕懷此頗有年今日從茲役敝廬何必廣取足蔽牀席鄰曲時時來抗言談在昔奇文共欣賞疑義相與析

春秋多佳日登高賦新詩過門更相呼有酒斟酌之農務各自歸閑暇輒相思相思則披衣言笑無厭時此理將不勝無為忽去茲衣食當須錢力耕不足（吾）欺

素心 心地潔白也、

抗言 直言也、

不勝 不美也、言此樂不盡、勿舍去之、

行：即歌行，古詩歌之一體。

劇：戲也。

長干行 二首　李白

妾髮初覆額，折花門前劇。郎騎竹馬來，遶牀弄青梅。同居長干里，兩小無嫌猜。十四為君婦，羞顏未嘗開。低頭向暗壁，千喚不一回。十五始展眉，願同塵與灰。常存抱柱信，豈上望夫臺。十六君遠行，瞿塘灩澦堆。五月不可觸，猨聲天上哀。門前遲行跡，一一生綠苔。苔深不能掃，落葉秋風早。八月蝴蝶來，雙飛西園草。感此傷妾心，坐愁紅顏老。早晚下三巴，預將書報家。相迎不道遠，直至長風沙。

憶妾深閨裏，煙塵不曾識。嫁與長干人，沙頭候風色。五月南風興，

淼音眇、水大也、

燕北地之總稱
秦西北之總稱

思君下巴陵八月西風起想君發揚子去來悲如何見少別離多湘
潭幾日到妾夢越風波昨夜狂風度吹折江頭樹淼淼暗無邊行人在
何處北客至王公朱衣滿汀中日暮來投宿數朝不肯東自憐十
五餘顏色桃李紅那作商人婦愁水復愁風

春思

燕草如碧絲秦桑低綠枝當君懷歸日是妾斷腸時春風不相
識何事入羅幃

將進酒

唐 李白

君不見黃河之水天上來奔流到海不復回君不見高堂明鏡悲白髮朝如青絲暮成雪人生得意須盡歡莫使金樽空對月天生我材必有用千金散盡還復來烹羊宰牛且為樂會須一飲三百杯岑夫子丹邱生進酒君莫停與君歌一曲請君為我傾耳聽鐘鼓饌玉不足貴但願長醉不用醒古來聖賢皆寂寞唯有飲者留其名陳王昔時宴平樂斗酒十千恣歡謔主人為何言少錢徑須沽酒對君酌五花馬千金裘呼兒將出換美酒與爾同銷萬古愁

岑夫子謂岑徵君、丹邱生謂元丹邱、二人皆李白好友、

陳王 即陳思王曹植

宣城謝朓樓餞別校書叔雲　李白

棄我去者昨日之日不可留亂我心者今日之日多煩憂長風萬里送秋雁對此可以酣高樓蓬萊文章建安骨中間小謝又清發俱懷逸興壯思飛欲上青天攬明月抽刀斷水水更流舉杯消愁愁更愁人生在世不稱意明朝散髮弄扁舟

長相思　前人

長相思在長安絡緯秋啼金井欄微霜淒淒簟色寒孤燈不明思欲絕卷帷望月空長歎美人如花隔雲端上有青冥之高天下有淥水之波瀾天長路遠魂飛苦夢魂不到關山難長相思摧心肝

蓬萊　古人指為仙山、在海中

建安　後漢孔融、王粲、陳琳等七人所作之詩稱為建安體

小謝　指謝朓（惠連）

絡緯　蟋蟀也、

簟　竹席也、音巔

子夜吴歌　前人

長安一片月萬户擣衣聲秋風吹不盡總是玉關情何日平胡虜良人罷遠征

望天門山　前人

天門中斷楚江開碧水東流直北迴兩岸青山相對出孤帆一片日邊來

早發白帝城　前人

朝辭白帝彩雲間千里江陵一日還兩岸猿聲啼不住輕舟已過萬重山

山中與幽人對酌　前人

兩人對酌山花開。一杯一杯復一杯。我醉欲眠卿且去。明朝有意抱琴来。

春夜洛城聞笛　前人

誰家玉笛暗飛聲。散入春風滿洛城。此夜曲中聞折柳。何人不起故園情。

黄鶴樓送孟浩然之廣陵　前人

故人西辭黄鶴樓。煙花三月下揚州。孤帆遠影碧山盡。唯見長江天際流。

前出塞　九首之六

唐　杜甫

戚戚去故里，悠悠赴交河。公家有程期，亡命嬰禍羅。君已富土境，開邊
一何多。棄絕父母恩，吞聲行負戈。
磨刀嗚咽水，水赤刃傷手。欲輕腸斷聲，心緒亂已久。丈夫誓許國，憤惋
復何有。功名圖麒麟，戰骨當速朽。
送徒既有長，遠戍亦有身。生死向前去，不勞吏怒嗔。路逢相識人，附
書與六親。哀哉兩決絕，不復同苦辛。
迢迢萬餘里，領我赴三軍。軍中異苦樂，主將寧盡聞。隔河見胡騎，
倏忽數百群。我始為奴僕，幾時樹功勳。

交河　西北地名，屬唐時吐蕃

麒麟閣　漢代畫功名像以誌紀念之閣

薊 音計 薊门 北方地名 今北京某𠁅 一说即

斑白 白髮（老翁）

吳鈎 刀名

挽弓當挽強用箭當用長射人先射馬擒賊先擒王殺人亦有限列
國自有疆苟能制侵陵豈在多殺傷

驅馬天雨雪軍行入高山徑危抱寒石指落層冰間已去漢月遠何
時築城還浮雲暮南征可望不可攀

○後出塞 五首之二

男兒生世間及壯當封侯戰伐有功業焉能守舊丘召募赴薊門軍
動不可留千金買馬鞭百金裝刀頭閭里送我行親戚擁道周斑白居
上列酒酣進庶羞少年別有贈含笑看吳鈎

朝進東門營暮上河陽橋落日照大旗馬鳴風蕭蕭平沙列萬幕

部伍各見招，中天懸明月。令嚴夜寂寥，悲笳數聲動，壯士慘不驕。借問大將誰，恐是霍嫖姚。

霍嫖姚　即漢代大將霍光

石壕吏

唐　杜甫

暮投石壕村，有吏夜捉人。老翁踰牆走，老婦出門看。吏呼一何怒，婦啼一何苦。聽婦前致詞：三男鄴城戍。一男附書至，二男新戰死。存者且偷生，死者長已矣。室中更無人，惟有乳下孫。有孫母未去，出入無完裙。老嫗力雖衰，請從吏夜歸。急應河陽役，猶得備晨炊。夜久語聲絕，如聞泣幽咽。天明登前途，獨與老翁別。

潼關吏　　前人

士卒何草草築城潼關道大城鐵不如小城萬丈餘借問潼關吏脩關還備胡要我下馬行為我指山隅連雲列戰格飛鳥不能踰胡來但自守豈復憂西都丈人視要處窄狹容單車艱難奮長戟萬古用一夫哀哉桃林戰百萬化為魚請囑防關將慎勿學哥舒

新安吏　　前人

客行新安道喧呼聞點兵借問新安吏縣小更無丁府帖昨夜下次選中男行中男絕短小何以守王城肥男有母送瘦男獨伶俜白水暮東流青山聞哭聲莫自使眼枯收汝淚縱橫眼枯即見骨天地

鐵不如　言其堅也

戰格　即戰柵

胡　古人統稱西方之異族

桃林　自河南靈寶以西至潼關皆名桃林

哥舒翰　為唐將

新安　河南縣名

伶俜　行不正也，俜音平

終無情。我軍收相州，日夕望其平。豈意賊難料，歸軍星散營。就糧近故壘，練卒依舊京。掘壕不到水，牧馬役亦輕。況乃王師順，撫養甚分明。送行勿泣血，僕射如父兄。

新婚別　前人

兔絲附蓬麻，引蔓固不長。嫁女與征夫，不如棄路旁。結髮為妻子，席不暖君牀。暮婚晨告別，無乃太匆忙。君行雖不遠，守邊戍河陽。妾身未分明，何以拜姑嫜。父母養我時，日夜令我藏。生女有所歸，雞狗亦得將。君今往死地，沈痛迫中腸。誓欲隨君去，形勢反蒼黃。勿為新婚念，努力事戎行。婦人在軍中，兵氣恐不揚。自嗟貧家女，久致羅襦裳。羅襦

僕射　唐宰相官職

兔絲為蔓草，當附着於松柏，今附於蓬麻，故不能引長也。

將　率領也。

蒼黃　同倉皇，即慌張之意。

不復施。對君洗紅妝，仰視百鳥飛。大小必雙翔，人事多錯迕。與君永相望。

垂老别　　前人

四郊未寧靜，垂老不得安。子孫陣亡盡，焉用身獨完。投杖出門去，同行為辛酸。幸有牙齒存，所悲骨髓乾。男兒既介胄，長揖别上官。老妻卧路啼，歲暮衣裳單。孰知是死别，且復傷其寒。此去必不歸，還聞勸加餐。土門壁甚堅，杏園度亦難。勢異鄴城下，縱死時猶寬。人生有離合，豈擇衰老端。憶昔少壯日，遲迴竟長歎。萬國盡征戍，烽火被岡巒。積屍草木腥，流血川原丹。何鄉為樂土，安敢尚盤桓。棄絶蓬室居，塌然摧肺肝。

迕音五，逆也。

介胄，身穿甲胄。

無家别　前人

寂寞天寶後園廬但蒿藜我里百餘家世亂各東西存者無消息死者為塵泥賤子因陣敗歸来尋舊蹊久行見空巷日瘦氣慘悽但對狐與狸豎毛怒我啼四隣何所有一二老寡妻宿鳥戀本枝安辭且窮棲方春獨荷鋤日暮還灌畦縣吏知我至召令習鼓鞞雖從本州役内顧無所携近行止一身遠去終轉迷家鄉既蕩盡遠近理亦齊永痛長病母五年委溝谿生我不得力終身兩酸嘶人生無家别何以為烝黎

蒿藜　野草名

日瘦　日色無光也

烝黎　庶民也

佳人

前人

絕代有佳人幽居在空谷自云良家子零落依草木關中昔喪敗兄弟遭殺戮官高何足論不得收骨肉世情惡衰歇萬事隨轉燭夫婿輕薄兒新人已如玉合昏尚知時鴛鴦不獨宿但見新人笑那聞舊人哭在山泉水清出山泉水濁侍婢賣珠迴牽蘿補茅屋摘花不插髮采柏動盈掬天寒翠袖薄日暮倚修竹

遣興

前人

蓬生非無根漂蕩隨高風天寒落萬里不復歸本叢客子念故宅三年門巷空悵望但烽火戎車滿關東生涯能幾何常在羈旅中

轉燭　言世事變幻莫測也

合昏　槿也、花晨開暮合、

柏　為堅貞之象徵

掬　一掬即一握

罥音絹　掛也

茅屋為秋風所破歌　前人

八月秋高風怒號卷我屋上三重茅茅飛渡江灑江郊高者掛罥長林梢下者飄轉沈塘坳南村群童欺我老無力忍能對面為盜賊公然抱茅入竹去唇焦口燥呼不得歸來倚杖自歎息俄頃風定雲墨色秋天漠漠向昏黑布衾多年冷似鐵嬌兒惡臥踏裏裂牀頭屋漏無乾處雨脚如麻未斷絕自經喪亂少睡眠長夜霑溼何由徹安得廣厦千萬間大庇天下寒士俱歡顏風雨不動安如山嗚呼何時眼前突兀見此屋吾廬獨破受凍死亦足

絕句二首　前人

遲日江山麗。春風花草香。泥融飛燕子。沙暖睡鴛鴦。

江碧鳥逾白。山青花欲然。今春看又過。何日是歸年。

七絕一首　前人

兩箇黄鸝鳴翠柳。一行白鷺上青天。窗含西嶺千秋雪。門泊東吳萬里船。

雨晴　前人

天際秋雲薄從西萬里風今朝好晴景久雨不妨農塞柳行疏翠山梨結小紅胡笳樓上發一鴈入高空

水檻遣心　前人

去郭軒楹敞無村眺望賒澄江平少岸幽樹晚多花細雨魚兒出微風燕子斜城中十萬戶此地兩三家

客至　前人

舍南舍北皆春水但見羣鷗日日來花徑不曾緣客掃蓬門今始為君開盤飧市遠無兼味樽酒家貧只舊醅肯與鄰翁相對飲隔籬呼取盡餘杯

貧交行　前人

翻手作雲覆手雨。紛紛輕薄何須數。君不見管鮑貧時交。此道今人棄如土。

絶句漫興　前人

腸斷春江欲盡頭。杖藜徐步出芳洲。顛狂柳絮因風舞。輕薄桃花逐水流。

贈花卿　前人

錦城絲管日紛紛。半入江風半入雲。此曲祇應天上有。人間那得幾回聞。

登高　　前人

風急天高猿嘯哀。渚清沙白鳥飛回。無邊落木蕭蕭下。不盡長江滾滾來。萬里悲秋常作客。百年多病獨登臺。艱難苦恨繁霜鬢。潦倒新亭濁酒杯。

榮寶齋藏版

上陽人

唐　白居易

上陽人上陽人紅顏暗老白髮新綠衣監使守宮門一閉上陽多少春玄宗末歲初選入入時十六今六十同時採擇百餘人零落年深殘此身憶昔吞悲別親族扶入車中不教哭皆云入內便承恩臉似芙蓉胸似玉未容君王得見面已被楊妃遥側目妒令潛配上陽宮一生遂向空房宿宿空房秋夜長夜長無寐天不明耿耿殘燈背壁影蕭蕭暗雨打窗聲春日遲日遲獨坐天難暮宮鶯百囀愁厭聞梁燕雙棲老休妒鶯燕歸去長悄然春往秋來不記年唯向深宮望明月東西四五百迴圓今日宮中年最老大家遥賜尚書號小頭鞵履窄衣裳青黛點眉眉細長外人不見見應笑天寶末年

時世妝上陽人苦最多少亦苦老亦苦少苦老苦兩如何君不見昔時呂尚美人賦又不見今日上陽宮人白髮歌

新豐折臂翁　　前人

新豐老翁八十八頭鬢眉鬚皆似雪玄孫扶向店前行左臂憑肩右臂折問翁臂折來幾年兼問致折何因緣翁云貫屬新豐縣生逢聖代無征戰慣聽梨園歌管聲不識旗槍與弓箭無何天寶大徵兵戶有三丁點一丁點得驅將何處去五月萬里雲南行聞道雲南有瀘水椒花落時瘴煙起大軍徒涉水如湯未過十人二三死村南村北哭聲哀兒別耶孃夫別妻皆云前後征蠻者千萬人行無一回是時翁年二十四兵部牒中有名字

夜深不敢使人知偷將大石捶折臂張弓簸旗俱不堪從茲使免征雲南
骨碎筋傷非不苦且圖揀退歸鄉土此臂折來六十年一肢雖廢一身全
至今風雨陰寒夜直到天明痛不眠痛不眠終不悔且喜老身今獨在不
然當時瀘水頭身死魂孤骨不收應作雲南望鄉鬼萬人塚上哭呦呦
老人言君聽取君不聞開元宰相宋開府不賞邊功防黷武又不聞天寶
宰相楊國忠欲求恩幸立邊功邊功未立生民怨請問新豐折臂翁

杜陵叟　前人

杜陵叟杜陵居歲種薄田一頃餘三月無雨旱風起麥苗不秀多黃死九月降
霜秋早寒禾穗未熟皆青乾長吏明知不申破急斂暴徵求考課典桑賣

地納官租明年衣食將何如剝我身上帛奪我口中粟虐人害物即豺狼
何必鉤爪鋸牙食人肉不知何人奏皇帝帝心惻隱知人弊白麻紙上書德
音京畿盡放今年稅昨日里胥方到門手持尺牒榜鄉村十家租稅九家
畢虛受吾君蠲免恩

母別子　　前人

母別子子別母白日無光哭聲苦關西驃騎大將軍去年破虜新策勳勅
賜金錢二百萬洛陽迎得如花人新人迎來舊人棄掌上蓮花眼中刺迎
新棄舊未足悲悲在君家留兩兒一始扶行一初坐坐啼行哭牽人衣以汝夫
婦新嬿婉使我母子生別離不如林中烏與鵲母不失雛雄伴雌應似園中桃

李樹花落隨風子住枝新人新人聽我語洛陽無限紅樓女但願將軍重立功更有新人勝於汝

長恨歌

前人

漢皇重色思傾國御宇多年求不得楊家有女初長成養在深閨人未識天生麗質難自棄一朝選在君王側迴眸一笑百媚生六宮粉黛無顏色春寒賜浴華清池溫泉水滑洗凝脂侍兒扶起嬌無力始是新承恩澤時雲鬢花顏金步搖芙蓉帳暖度春宵春宵苦短日高起從此君王不早朝承歡侍宴無閒暇春從春遊夜專夜後宮佳麗三千人三千寵愛在一身金屋妝成嬌侍夜玉樓宴罷醉和春姊妹弟兄皆列土可憐光彩生門戶

遂令天下父母心不重生男重生女驪宮高處入青雲仙樂風飄處處聞緩
歌漫舞凝絲竹盡日君王看不足漁陽鼙鼓動地來驚破霓裳羽衣曲九
重城闕煙塵生千乘萬騎西南行翠華搖搖行復止西出都門百餘里六
軍不發無奈何宛轉蛾眉馬前死花鈿委地無人收翠翹金雀玉搔頭君王
掩面救不得回看血淚相和流黃埃散漫風蕭索雲棧縈迂登劍閣峨嵋山
下少人行旌旗無光日色薄蜀江水碧蜀山青聖主朝朝暮暮情行宮見
月傷心色夜雨聞鈴腸斷聲天旋日轉迴龍馭到此躊躇不能去馬嵬坡
下泥土中不見玉顏空死處君臣相顧盡沾衣東望都門信馬歸歸來池
苑皆依舊太液芙蓉未央柳芙蓉如面柳如眉對此如何不淚垂春風桃李

花開日秋雨梧桐葉落時西宮南内多秋草落葉滿階紅不掃梨園子弟

白髮新椒房阿監青娥老夕殿螢飛思悄然孤燈挑盡未成眠遲遲鐘鼓

初夜長耿耿星河欲曙天鴛鴦瓦冷霜華重翡翠衾寒誰與共悠悠生死

别經年魂魄不曾來入夢臨邛道士鴻都客能以精誠致魂魄為感君王展

轉思遂教方士殷勤覓排雲馭氣奔如電升天入地求之徧上窮碧落下黃

泉兩處茫茫皆不見忽聞海上有仙山山在虛無縹緲間樓閣玲瓏五雲起

其中綽約多仙子中有一人字太真雪膚花貌參差是金闕西廂叩玉扃

轉教小玉報雙成聞道漢家天子使九華帳裏夢魂驚攬衣推枕起徘

徊珠箔銀屏迤邐開雲髻半偏新睡覺花冠不整下堂來風吹仙袂飄

颻舉猶似霓裳羽衣舞玉容寂寞淚闌干梨花一枝春帶雨含情凝涕

謝君王一别音容兩渺茫昭陽殿裏恩愛絶蓬萊宫中日月長回頭下望人

寰處不見長安見塵霧唯將舊物表深情鈿合金釵寄將去釵留一股合

一扇釵擘黄金合分鈿但教心似金鈿堅天上人間會相見臨别殷勤重寄

詞詞中有誓兩心知七月七日長生殿夜半無人私語時在天願作比翼

鳥在地願為連理枝天長地久有時盡此恨緜緜無絶期

琵琶行

白居易

潯陽江頭夜送客楓葉荻花秋瑟瑟主人下馬客在船舉酒欲飲無管絃
醉不成歡慘將別別時茫茫江浸月忽聞江上琵琶聲主人忘歸客不發尋
聲暗問彈者誰琵琶聲停欲語遲移船相近邀相見添酒回燈重開宴千
呼萬喚始出來猶抱琵琶半遮面轉軸撥絃三兩聲未成曲調先有情絃絃
掩抑聲聲思似訴平生不得志低眉信手續續彈說盡心中無限事輕攏慢
撚抹復挑初為霓裳後六么大絃嘈嘈如急雨小絃切切如私語嘈嘈切切錯
雜彈大珠小珠落玉盤間關鶯語花底滑幽咽泉流水下灘水泉冷澀絃疑絕
疑絕不通聲暫歇別有幽情暗恨生此時無聲勝有聲銀瓶乍破水漿迸

鐵騎突出刀槍鳴曲終收撥當心畫四絃一聲如裂帛東船西舫悄無言
唯見江心秋月白沈吟放撥插絃中整頓衣裳起斂容自言本是京城女家
在蝦蟇陵下住十三學得琵琶成名屬教坊第一部曲罷曾教善才伏妝
成每被秋孃妒五陵年少爭纏頭一曲紅綃不知數鈿頭銀篦擊節碎血色
羅裙翻酒污今年歡笑復明年秋月春風等閑度弟走從軍阿姨死暮去
朝來顏色改門前冷落鞍馬稀老大嫁作商人婦商人重利輕別離前月
浮梁買茶去去來江口守空船遶船月明江水寒夜深忽夢少年事夢啼妝
淚紅闌干我聞琵琶已歎息又聞此語重唧唧同是天涯淪落人相逢何必
曾相識我從去年辭帝京謫居臥病潯陽城潯陽地僻無音樂終歲不聞

絲竹聲住近湓江地低溼黃蘆苦竹遶宅生其間旦暮聞何物杜鵑啼血猨哀鳴春江花朝秋月夜往往取酒還獨傾豈無山歌與村笛嘔啞嘲哳難為聽今夜聞君琵琶語如聽仙樂耳暫明莫辭更坐彈一曲為君翻作琵琶行感我此言良久立卻坐促絃絃轉急淒淒不似向前聲滿座重聞皆掩泣座中淚下誰最多江州司馬青衫溼

簡簡吟　前人

蘇家小女名簡簡芙蓉花腮柳葉眼十一把鏡學點妝十二抽針能繡裳十三行坐事調品不肯迷頭白地藏玲瓏雲髻生花樣飄飄風袖薔薇香殊姿異態不可狀忽忽轉動如有光二月繁霜殺桃李明年欲嫁今年死丈

迷頭　糊裏糊塗
白地　即平空白地

人阿母勿悲啼此女不是凡夫妻恐是天仙謫人世只合人間十三歲大都好物不堅牢彩雲易散琉璃脆

花非花　前人

花非花霧非霧夜半來天明去來如春夢幾多時去似朝雲無覓處

水龍吟 楊花詞

宋 蘇軾 東坡

似花還似非花也無人惜從教墜拋家傍路思量却是無情有
思縈損柔腸困酣嬌眼欲開還閉夢隨風萬里尋郎去處又還
被鶯呼起　不恨此花飛盡恨西園落紅難綴曉來雨過遺蹤
何在一池萍碎春色三分二分塵土一分流水細看來不是楊
花點點是離人淚

水調歌頭 丙辰中秋歡飲達旦大醉作此篇兼懷子由 蘇軾

明月幾時有把酒問青天不知天上宮闕今夕是何年我欲乘風

歸去唯恐瓊樓玉宇高處不勝寒起舞弄清影何似在人間

轉朱閣低綺户照無眠不應有恨何事長向别時圓人有悲歡

離合月有陰晴圓缺此事古難全但願人長久千里共嬋娟

榮寶齋藏版

后记

牛恩德（1934–2012）于一九五二年在与上海交响乐队首次合作演出格里格钢琴协奏曲后，与傅聪成为挚友，同时经常来拜见傅聪父亲傅雷。她为人热情，又非常好学，傅雷就不时教她中国古诗词，教她如何理解欣赏这些中国古文化的精华，以提高她的文化艺术修养，久而久之傅雷由于没有女儿，就认了她为干女儿。一九五七年她赴英国留学时，傅雷为她精心誊抄了这本含有一百四十首古诗词的读本，亲手线装成册。牛恩德带着这本珍贵的读本，先后留学英国与美国，获得博士学位，并在欧亚各地演出，成绩颇佳。一九九八年我去美国拜访时，她就把自己珍藏的这本由先父编撰的《古诗词读本》给了我留作纪念。

今年是先父母逝世五十周年，亦是牛恩德逝世四周年，在上海远东出版社徐忠良社长的倡议下，出版此珍贵读本，寄托我们的哀思，同时，对父母对我们后代的一贯无限关怀，表示由衷的礼赞！

傅敏
二〇一六年新春

傅雷编选古诗词·友人读本

傅雷 编选 傅敏 辑编

上海远东出版社

图书在版编目（CIP）数据

傅雷编选古诗词．友人读本 / 傅雷编选；傅敏辑编．--上海：上海远东出版社，2016
ISBN 978-7-5476-1178-4

Ⅰ．①傅… Ⅱ．①傅… ②傅… Ⅲ．①古典诗歌—诗集—中国 Ⅳ．①I222

中国版本图书馆 CIP 数据核字（2016）第 228508 号

责任编辑　冯裴培
封面设计　李　廉

傅雷编选古诗词——友人读本

傅　雷　编选
傅　敏　辑编

出　　版　上海遠東出版社
　　　　　（200235　中国上海市钦州南路 81 号）
发　　行　上海人民出版社发行中心
印　　刷　昆山市亭林印刷有限责任公司
开　　本　710×1000　1/16
印　　张　5.5
字　　数　5,000
版　　次　2016 年 10 月第 1 版
印　　次　2020 年 1 月第 3 次印刷
ISBN 978-7-5476-1178-4/I·317
定　　价　28.00 元